Une inconnue dans la glace

Comédie

Geneviève STEINLING

Une inconnue dans la glace

Comédie

Copyright © 2022 Geneviève Steinling
Tous droits réservés.

Edition: BoD - Books on Demand.
12/14 rond-point des Champs-Elysées, 75008 Paris
Impression: BoD - Books on Demand, Norderstedt. Allemagne

ISBN/978-2322393473
Dépôt légal : avril 2022

À Arnaud, mon fils

Pour toi

PERSONNAGES :

MARGOT : Jeune femme moderne.

LA GLACE : Personnage à l'intérieur du châssis d'une glace sur pied qui va, dans un jeu subtil, en sortir et en rentrer.

BENOÎT : Jeune cadre moyen.

MADAME RICHARD : Concierge.

DÉCOR
Appartement moderne.
Châssis d'une glace sur pied.

Note de l'auteur :
Seuls les spectateurs et Margot voient et entendent le personnage qui entre et sort du cadre.

SCENE 1

Plusieurs cartons de déménagement sont posés près de la porte d'entrée. Benoît s'apprête à partir. Il reste quelques instants hésitant puis se retourne sur Margot.

BENOÎT :
Parle bon sang, traite-moi de salaud, de tout ce que tu veux, je suis prêt à tout entendre mais dis quelque chose !

MARGOT : *(Sèchement.)* Il n'y a rien à dire !

BENOÎT : On s'était toujours tout dit. Souviens-toi, on s'était juré de tout se dire. C'est pour ça que…

MARGOT : Eh bien, cette fois-ci, tu vois, tu aurais mieux fait de te taire.

BENOÎT : Margot ! Tu sais bien, c'était un pacte entre nous.

MARGOT : Tu voulais surtout soulager ta conscience. Eh ben non, figure-toi ! Il ne suffit pas de se confesser pour être pardonné … Va-t-en !

BENOÎT : Tu en fais tout un drame alors que franchement ce n'est pas important.

MARGOT : Comment tu peux dire ça !!

BENOÎT : Okay, okay, je suis odieux. Je vis avec une femme adorable que j'aime et…

MARGOT : Oh oh oh oh…

BENOÎT : Mais c'est vrai, je t'aime !

MARGOT : Stop !

BENOÎT : Finalement, tu as de la chance.

MARGOT : De la chance ! Tu me trompes et j'ai de la chance !

BENOÎT : Dans chaque histoire, il y a le gentil et le méchant… Tu es la gentille, je suis le méchant.

MARGOT : Le méchant !… Pff… Une belle ordure, tu veux dire !

BENOÎT : J'ai eu une faiblesse, c'est vrai, mais s'il y a une chose que tu dois savoir, c'est que mes sentiments pour toi n'ont pas changé… L'amour que je ressens pour toi est sincère, il est authentique, il est vrai, il est…

MARGOT : Oh s'il te plait… Ton discours tu peux te le garder… Je te rappelle que tu as ….

BENOÎT : Une fois. Une seule fois.

MARGOT : Tu m'as trompée, c'est tout ce que je retiens.

BENOÎT : Ne laisse pas partir notre amour, il est encore temps de…

MARGOT : Tu as tout gâché. Fous le camp ! Tu me fatigues.

BENOÎT : Évidemment, tu n'as rien à te faire pardonner, toi ! Tu es parfaite, toi ! Tu es extraordinaire, toi ! *(Changement de ton.)* Et moi je suis un con.

Il prend le carton et sort. La porte claque.

MARGOT : Ne reviens plus jamais ! Tu m'entends ? Plus jamais !

****

SCENE 2

Margot est effondrée et se laisse tomber sur le canapé.

MARGOT : Moi qui le mettais sur un piédestal. Un homme que toute femme aurait voulu avoir comme compagnon. Un amour. Mon amour. L'amour de ma vie… Comment a-t-il pu me trahir ? Comment… Comment ?

Brusquement : une voix…

LA GLACE : *(Voix off.)* Et si au lieu de chercher à connaitre le comment, tu cherchais à comprendre le pourquoi ?

MARGOT : *(Effrayée.)* Qui est là ?

LA GLACE : *(Voix off.)* Je répète : et si au lieu de chercher à connaitre le comment, tu cherchais à comprendre le pourquoi ?

Margot ouvre la porte, il n'y a personne, elle revient.

MARGOT : Il y a … Il y a quelqu'un ?
(Elle cherche, regarde partout.
Puis… Lumière sur le personnage de la glace dans son encadrement.)
Ah ! Au secours !

LA GLACE : Je posais une simple question.

MARGOT : C'est… C'est… C'est quoi, ça ?
(Elle va vers la glace avec crainte. Le personnage à l'intérieur ne bouge plus. Elle s'avance, recule.)
J'ai… J'ai des hallucinations !
(La glace lui fait une grimace.)
Ahhhhh ! Qu'est ce que… Mais comment êtes-vous entrée là dedans ? Qui êtes-vous d'abord ?

LA GLACE : *(Occultant la question.)* Il se peut que je reste un petit moment, alors autant se tutoyer.

MARGOT : Je suis en train de rêver… Je vais me réveiller et…

LA GLACE : Tu es déjà réveillée.

MARGOT : J'ai des visions et j'entends des voix.

LA GLACE : Pas des voix mais une seule : la mienne.

MARGOT : Calme, Margot ! Calme-toi !… on respire profondément… Récapitulons… Cette glace qui est là me parle. On est bien d'accord ?

LA GLACE : Oui.

MARGOT : Non, non, elle ne me parle pas. Je vais quitter cette pièce et quand je reviendrai, cette chose qui est à l'intérieur aura disparu. Tout ce que je vois et que j'entends n'est qu'illusion. *(Elle sort.)*

LA GLACE : C'est une illusion de penser ça parce que quand tu vas revenir, tu…
(Margot revient.)
Déjà !

MARGOT : Ça va passer… Ce n'est rien, ça va passer. La fatigue, le stress…

Elle ferme les yeux, fait des exercices de respiration, se touche le front, se tapote les joues, prend la bouteille d'eau qui est sur la table et boit au goulot.

LA GLACE : On a des choses à se dire, toi et moi. Viens, approche ! Il faut qu'on parle. Approche !

Au lieu de se rapprocher, Margot met de la musique et chante quelques notes, elle ferme les yeux et danse cherchant à occulter ce qu'elle croit être une hallucination.
La glace en profite pour sortir de son cadre et danser autour d'elle. Margot ouvre les yeux.

MARGOT : Il m'a droguée… J'en suis sûre, il a mis un truc dans l'eau de la bouteille. Il veut me rendre folle. (*Elle jette la bouteille par terre.*)

LA GLACE : Assied-toi ! On va parler.
(Elle assied de force Margot à côté d'elle.)
Benoît ! Parlons de Benoît. Tu l'as jeté comme tu viens de jeter cette bouteille.

MARGOT : Mais bien sûr ! J'ai compris ! Tout est clair ! C'est Benoît qui vous envoie.

LA GLACE : Tu fais erreur !

MARGOT : Je l'appelle.

Elle tombe sur le répondeur.
On entend quelques notes de musique triste.

MARGOT : C'est quoi cette musique d'accueil !

LA GLACE : La musique de son état d'âme.
Regard noir de Margot vers la glace.

REPONDEUR : *(Voix lente et triste.)* Vous êtes bien chez Benoît. Je vous écoute.

MARGOT : Pff…
(Au téléphone – en colère.) Qu'est-ce qui t'a pris de faire venir cette fille… Cette conne chez moi ?

LA GLACE : Eh ! S'il te plait, reste polie…

MARGOT : Je dis bien « cette conne »… Tu as fait venir cette « conne » chez moi. C'est quoi ton but ? Tu es de plus en plus nul… J'attends tes explications. *(Elle raccroche.)*

LA GLACE : Ce n'est pas à cause de lui que je suis là. C'est à cause de toi.

MARGOT : À cause de moi ? J'ai bien entendu ?

LA GLACE : Tu ne lui as pas laissé le temps de s'expliquer.

MARGOT : Je suis tombée sur son répondeur.

LA GLACE : Je parle de votre scène de rupture.

MARGOT : Ah parce que vous étiez déjà là ?

LA GLACE : Oui.

MARGOT : Et vous étiez cachée où ? Pas à l'intérieur en tout cas. Je vous aurais vue.

LA GLACE : J'étais là sans être là. J'ai tout entendu.

MARGOT : Vous allez dégager de chez moi et vite fait ! *(La glace retourne dans son cadre.)*
Non ! La porte c'est par là.

LA GLACE : Il t'a trompée…

MARGOT : Ça ne vous regarde pas ! J'appelle les flics !

LA GLACE : Tu perdrais ton temps… Laisse-moi finir, il t'a trompée mais juste une fois.

MARGOT : Ce n'est pas le nombre qui compte. Moi, je ne l'ai jamais trompé.

LA GLACE : Oui, oui, oui, on dit ça mais…

MARGOT : C'est vrai.

LA GLACE : Même dans ta tête ?

MARGOT : Comment ça dans ma tête ?

LA GLACE : Penser à un autre ou à une autre en faisant l'amour avec lui.

MARGOT : Ça va pas, non ?

LA GLACE : Pas avec moi, Margot ! Pas avec moi ! Jouer à l'offusquée, ça ne passe pas… Alors ?

MARGOT : Je ne suis pas au confessionnal. La discussion est terminée. Ok ?

LA GLACE : Non ! Je ne lâcherai pas le morceau tant que tu ne m'auras pas répondu… J'attends.

MARGOT : Une fois.

LA GLACE : juste une fois ?

MARGOT : Oui.

LA GLACE : Menteuse !

MARGOT : Non mais, de quel droit vous vous permettez de… ! *(Et brusquement la tutoyant.)* Allez, casse-toi !

Elle essaie de chasser la glace mais n'y parvient pas.
Plus elle donne de coups, plus la glace rit.
Puis Margot cesse.

LA GLACE : Mets-toi une chose dans ta petite caboche une fois pour toute : je m'en irai quand « je » le déciderai.

Margot inspecte la glace.

MARGOT : Comment tu fais pour rentrer dedans et en sortir ? C'est un miroir truqué ?

LA GLACE : *(Occultant la réplique.)* Finalement vous êtes à égalité tous les deux.

MARGOT : *(En aparté.)* Qu'est-ce qui m'arrive ?

LA GLACE : Vous vous êtes trompés mutuellement. Chacun de son côté.

MARGOT : Rien de comparable entre une pensée et passer à l'acte « sexuel ».

LA GLACE : S'il est accompli juste par désir de la chair, il n'a rien à voir avec l'amour.

MARGOT : Drôle de façon de banaliser la chose…

LA GLACE : De la même façon que toi tu banalises « la chose » en pensée.

MARGOT : Et le mal qu'on fait à l'autre en passant à l'acte physique, tu en fais quoi ? Je n'ai fait de mal à personne, moi. Et en plus il me le dit.

LA GLACE : Il est honnête au moins, lui !

MARGOT : J'aurais préféré ne pas le savoir.

LA GLACE : Difficile d'avancer dans ces conditions.

MARGOT : Mais tu es qui, toi, pour me faire la morale ?

LA GLACE : Je suis…

MARGOT : Non, je ne veux pas savoir. Ferme-la ! Je rappelle Benoît.
Au même moment, on sonne à la porte. Margot ouvre.

****

SCÈNE 3

MARGOT : Benoît, je te préviens que si tu…. Ah c'est vous, Madame Richard. Vous tombez bien !

MADAME RICHARD : Bonjour, Mademoiselle Margot, je venais vous apporter le courrier.

MARGOT : Il ne fallait pas vous déranger, je serais passée à la loge.
(Madame Richard s'apprête à partir, Margot la retient.)
Non, attendez ! Venez, venez, entrez !
(Madame Richard balaye des yeux la pièce avec un air suspect. Margot l'emmène devant la glace.)
Elle, là, vous la voyez ?

MADAME RICHARD : Quoi ? La glace ?

La glace fait une grimace.

MARGOT : Dedans. Là ! Qui voyez-vous ?

MADAME RICHARD : Je me vois, moi.

Margot attrape le personnage qui est à l'intérieur, le sort et le montre à madame Richard.

MARGOT : Là, vous voyez qui ?

MADAME RICHARD : Je vois vos mains.

MARGOT : Regardez mieux !

Madame Richard regarde sans comprendre.

MADAME RICHARD : Si c'est une devinette, je vous préviens, je ne suis pas très bonne...

LA GLACE : Tu es la seule à me voir. Personne d'autre, que toi, me voit.

MARGOT : Vous l'avez entendue ?

MADAME RICHARD : Qui ?

LA GLACE : Tu es la seule à m'entendre.

Margot lâche la glace qui retourne dans son cadre et qui lui fait des grimaces. Margot lui répond par des grimaces. Madame Richard la regarde sans comprendre.

MADAME RICHARD : Ça va ?

MARGOT : Oui, très bien. Pourquoi ?
(Elle place madame Richard devant la glace.)
Vous ne voyez rien de bizarre ?

MADAME RICHARD : Non.

MARGOT : Vous n'entendez rien non plus ?

LA GLACE : Je n'ai rien dit.

MARGOT : Ta gueule !

MADAME RICHARD : Si vous m'engueuler, mademoiselle Margot, je pars…

MARGOT : Ce n'est pas vous que j'engueule, c'est elle.

MADAME RICHARD : La glace ?

MARGOT : Oui. Vous venez de l'entendre ? Elle m'a dit qu'elle n'a rien dit.

MADAME RICHARD : Si elle n'a rien dit comment voulez vous que…

MARGOT : Vous ne l'avez pas entendue me dire qu'elle n'a rien dit ?

MADAME RICHARD : Vous, vous n'avez pas l'air d'aller bien.

MARGOT : *(Hors d'elle.)* Je suis folle. Dites-le que je suis folle ! Allez, dites-le !

MADAME RICHARD : *(Compatissante.)* Je n'ai pas dit ça, mademoiselle Margot. Vous avez juste peut-être besoin d'un peu de repos.
(Le téléphone de madame Richard sonne, elle décroche.)
Excusez-moi, c'est le facteur… Un recommandé… Reposez-vous, je repasserai plus tard.

MARGOT : Non, ça ira. Pas la peine.

MADAME RICHARD : Vous êtes sûre ?

MARGOT : Oui.

MADAME RICHARD : Comme vous voulez.

Madame Richard sort. Margot ferme la porte.
Elle se pose devant la glace qui ne bouge pas.
Brusquement la glace l'effraie.

LA GLACE : Bou !

MARGOT : Ah !
(La glace rit. On sonne.)
Qu'est-ce qu'elle veut encore cette concierge à la noix ?

Margot ouvre sans regarder dans le judas.
Benoît entre.

****

SCÈNE 4

MARGOT : C'est quoi cette histoire de fille ?

BENOÎT : Justement, j'aimerais bien le savoir.

MARGOT : Cette fille, c'est toi qui l'as fait venir ?

BENOÎT : Oui, c'est moi.

MARGOT : Bon, alors écoute, tu repars avec elle et basta.

BENOÎT : Je ne l'ai plus revue depuis que…

MARGOT : Et ça c'est quoi ?

BENOÎT : Une glace.

MARGOT : Tu veux me rendre folle mais tu n'y parviendras pas.

BENOÎT : J'avais espéré que…

MARGOT : Que quoi ?

BENOÎT : Que tu reviennes sur de meilleurs sentiments.

MARGOT : Ce n'est pas en utilisant une intermédiaire que tu …

BENOÎT : Quelle intermédiaire ?

MARGOT : Elle ! C'est une nouvelle conquête à inscrire sur ton tableau de chasse ?

BENOÎT : Mais enfin, il n'y en a eu qu'une. Et qu'une fois !

MARGOT : Bon, maintenant on arrête de jouer et tu me débarrasses de cette connasse et tout de suite.

BENOÎT : De qui tu parles ?

MARGOT : D'elle.

BENOÎT : De la glace ?

MARGOT : Oui, d'elle.

BENOÎT : Une connasse… La glace !

MARGOT : Oui, et tu m'en débarrasses et vite fait. Je ne veux plus la voir.

BENOÎT : Je t'en ai fait cadeau. Garde-la !

MARGOT : À mon tour de t'en faire cadeau… Reprends-la !

BENOÎT : Donner c'est donner, reprendre c'est voler.

MARGOT : *(Le rechignant.)* Donner c'est donner, reprendre c'est voler. *(Changement de ton)* Et baiser c'est quoi ?

BENOÎT : Margot, je t'en prie !

MARGOT : Comment elle fait pour rentrer là-dedans.

BENOÎT : Où ?

MARGOT : Là-dedans, je te dis !

BENOÎT : Dans… Dans la glace.

MARGOT : Oh arrête, ça va ! Tu la reprends, je ne veux plus la voir.

BENOÎT : Non ! Je reviendrai quand tu seras calmée. Salut ! *(Il sort.)*

MARGOT : Attends ! *(Il ne se retourne pas.)* Je le hais, je le hais, je le hais, je le hais.

LA GLACE : Il n'y est pour rien !

MARGOT : Tu as couché avec lui et tu viens ici me narguer. Qu'est-ce que tu veux au juste ?

LA GLACE : Je n'ai pas…

MARGOT : Stop ! Tous contre moi… Benoît veut se venger parce que je l'ai jeté et il se sert de toi pour me rendre folle…

LA GLACE : Mais non…

MARGOT : Il a même mis madame Richard dans sa poche. Lamentable !
Le téléphone sonne.
Allo… Bonjour, Sandrine… Je vois que les nouvelles vont vite… Tu l'as croisé à la supérette…

LA GLACE : Pauvre Benoît, il est condamné à faire les courses.

MARGOT : *(À la glace.)* Il les faisait avant aussi. *(Au téléphone.)* Ah, il ne t'a pas dit pourquoi ?

LA GLACE : Et il a eu raison, ça ne la regarde pas.

MARGOT : *(Au téléphone.)* Il m'a trompée.

LA GLACE : Une fois ! Une seule !

MARGOT : *(Au téléphone.)* Oui, ça n'arrive pas qu'aux autres… Tu te rends compte… Je suis cocue !... Cocue !

LA GLACE : Un bien grand mot pour si peu.

MARGOT : *(À la glace.)* La ferme !
(Au téléphone.) Ce n'est pas à toi que je parle, c'est… C'est à la môme du dessus, elle braille toute la journée.

LA GLACE : Tu habites au dernier étage.

MARGOT : *(Au téléphone.)* Oui… Enfin, non… Écoute, je n'ai pas envie d'en parler. C'est mon problème, le sien, le nôtre mais pas le tien.

LA GLACE : Et un peu le mien… Tu peux, s'il te plait, mettre le haut-parleur ?

MARGOT : *(À la glace.)* Non !
(Au téléphone.) Je ne me mets pas en colère… Juste un peu sur les nerfs. Ne t'inquiète pas, je gère. Le problème c'est qu'il habite dans le même immeuble que moi, au même étage, la porte juste en face.

LA GLACE : C'était bien pratique.

MARGOT : *(Au téléphone.)* Que je déménage ? Il ne manquerait plus que ça ! Je n'ai rien à me reprocher, moi !

LA GLACE : En cherchant bien…

MARGOT : *(Au téléphone.)* Et puis d'abord où est-ce que j'irais ?… Chez toi ?… Mais c'est tout petit chez toi. Et tu n'as qu'un seul lit.

LA GLACE : Un lit pour deux…

MARGOT : *(À la glace.)* Et alors ?
(Au téléphone.) Oui, je sais, tu pars d'une bonne intention mais non non, non, merci, tu es gentille … Puisque je te dis que ça va… Je te laisse, j'ai des choses à faire… À plus ! Bisous.

LA GLACE : Elle disait quoi sur Benoît ?

MARGOT : Qu'est-ce que ça peut te foutre ? À nous deux maintenant.

Coup de sonnette. Margot regarde dans le judas.

LA GLACE : Qui est-ce ?

MARGOT : Personne !
(Margot ouvre.) Ah enfin, tu t'es décidé à venir la rechercher.
(Elle avance le châssis.) Tiens, reprends-la, ta pute !

BENOÎT : Quelque chose ne tourne pas rond chez toi… Je m'inquiète, je te trouve bizarre.

MARGOT : Pas plus bizarre que toi.

BENOÎT : Moi, je ne traite pas une glace de « pute ».

LA GLACE : Merci Benoît.

MARGOT : Oh, stop, tu veux !

LA GLACE : Je te l'ai dit, tu es la seule à me voir.

MARGOT : *(À la glace.)* Je suis la seule à te voir ? *(À Benoît.)* Elle cherche à me rendre folle.

BENOÎT : *(En regardant la glace.)* Je la vois aussi.

LA GLACE : Je n'en suis pas si sûre.

MARGOT : *(À Benoît.)* Dis-moi ce que tu vois.

BENOÎT : La glace et moi dedans.

MARGOT : Et elle ?

BENOÎT : Elle ? Tu veux dire toi… Oui, je te vois quand tu t'approches de moi. .

MARGOT : Allez, dégage !

BENOÎT : Je voudrais qu'on reste amis.

MARGOT : Non.

BENOÎT : On a vécu une belle histoire tous les deux, tu y as mis un terme mais il se trouve qu'on est voisins, autant garder de bonnes relations.

MARGOT : C'est-à-dire ?

BENOÎT : De bonnes relations de voisinage.

MARGOT : C'est non. Il fallait penser plus tôt aux conséquences de ton acte « sexuel ».

BENOÎT : Là, je te rejoins, ce n'était que sexuel.

MARGOT : *(Le rechignant.)* Ce n'était « que » sexuel ! *(En colère.)* Non mais tu te rends compte de ce que tu dis ?

BENOÎT : J'étais comme hypnotisé par son corps… Regarde-moi, Margot !… Margot, regarde-moi dans les yeux et lis tout le regret qu'ils contiennent.

MARGOT : Non ! Rien ! Il n'y a aucun regret dans tes yeux d'en avoir baisé une autre.

BENOÎT : Je te répète qu'il ne s'agissait pas d'une autre, c'était un corps. Un corps !... Juste un corps.

LA GLACE : Tu vois ! J'avais raison. C'était que pour le plaisir de la chair.

MARGOT : *(À la glace.)* Et si j'avais moi aussi succombé au plaisir de la chair ?
(À Benoît.) La chair d'un autre que toi… Tu aurais dis quoi ? Hein ?

BENOÎT : Margot, s'il te plait…

MARGOT : Oh allez, tire-toi ! Et je t'en supplie, reprends-la…

BENOÎT : Je t'ai déjà dit non.

MARGOT : Je ne comprends pas où tu veux en venir et c'est pitoyable de ta part de faire semblant de ne pas la voir.

BENOÎT : Pff ! Allez, salut ! *(Il sort.)*

LA GLACE : Il ne fait pas semblant.

MARGOT : Mais oui, c'est ça, vous me prenez tous les deux pour une imbécile.

LA GLACE : Je ne suis là que pour toi. Ta réaction à l'aveu de Benoît m'as mise hors de moi et je suis sortie de mon rôle.

MARGOT : Alors sors maintenant de ce nouveau rôle et sors de chez moi. Tu as pigé ?

LA GLACE : Je ne peux pas.

MARGOT : Et tu vas rester longtemps comme ça à me pourrir la vie ?

LA GLACE : Je l'ignore.

MARGOT : Tu n'existes pas et je te vois. Comment tu expliques ça ?

LA GLACE : Je n'ai pas d'explication.

MARGOT : Et dans deux minutes, tu vas me dire que tu ne sais pas comment tu réussis à rentrer et sortir de ce miroir.

LA GLACE : Eh bien, oui, désolée, je l'ignore mais le fait est là alors cesse de me voir comme une ennemie et devenons amies.

MARGOT : Décidément tout le monde veut être ami avec moi…. *(Changement de ton.)* Amies ? Moi ? Amie avec une glace ? *(Elle rit.)*

LA GLACE : Tôt ou tard, tu seras bien obligée de m'accepter ainsi.

On sonne à la porte.
Margot ouvre et se trouve nez à nez avec madame Richard.

****

SCENE 5

MADAME RICHARD : Je passais devant votre porte … Je peux entrer ? *(Elle entre sans y être invitée.)* Je suis sur les nerfs, j'ai besoin de me calmer.

MARGOT : Qu'est-ce qui se passe ?

MADAME RICHARD : Je n'arrête pas une seconde. Vous êtes d'accord ? Il y a beaucoup à faire dans cet immeuble et je fais mon travail le mieux que je peux.

MARGOT : Oui. Je n'ai jamais eu à me plaindre.

MADAME RICHARD : Eh bien, Madame Simonin, la dingue du $3^{\text{ème}}$… Elle me traque. Elle veut ma peau, elle est remplie d'animosité envers moi.

MARGOT : Remplie d'animosité envers vous ?

MADAME RICHARD : C'est bien comme ça qu'on dit ?

MARGOT : Oui, sûrement.

MADAME RICHARD : *(Avec fierté.)* Depuis un mois, je fais des mots fléchés… Pour connaître plus de mots.

MARGOT : *(Avec indifférence.)* C'est bien.

MADAME RICHARD : Juste pendant mon café, après mon déjeuner.

MARGOT : Vous n'avez pas à vous justifier.

MADAME RICHARD : Et vous savez ce que je lis avant de m'endormir ?

MARGOT : Une revue people.

MADAME RICHARD : Plus maintenant ! Ça, c'était avant. Maintenant je lis le dictionnaire.

MARGOT : Le dictionnaire !

MADAME RICHARD : Oui. Vous avez bien entendu… Le dictionnaire. J'apprends cinq mots par soir et je laisse mijoter la nuit. Hier, un des mots était anaphore… Vous savez ce que ça veut dire ?

MARGOT : *(Un peu agacée.)* Oui.

MADAME RICHARD : *(Admirative.)* C'est vrai, vous, vous avez de la culture. *(Sur un autre ton.)* Et bimane, vous savez ce que ça veut dire ?

MARGOT : Bioman ?

MADAME RICHARD : Non. Bimane. Vous et moi, nous sommes bimanes. Ça veut dire que nous possédons deux mains. C'est le propre des humains. Les singes par exemple ont quatre mains, ils sont quadru… quadrumanes.

MARGOT : Oui, bien sûr ! Merci pour la leçon même si la comparaison n'est pas très flatteuse.

MADAME RICHARD : Moi, je me contente de retenir ce qui est noté dans le dictionnaire. C'est déjà pas mal. Vous ne trouvez pas ?

MARGOT : Oui, oui, c'est bien.

MADAME RICHARD : Il faut que j'apprenne beaucoup de mots et des beaux, c'est un joli mot, bimane…

MARGOT : Oui, oui…

MADAME RICHARD : Parce que, et je vous le dis juste à vous, enfin à vous et à madame Gaspard… Je veux écrire l'histoire de ma vie.

MARGOT : *(Ironique et moqueuse.)* Rien que ça !

MADAME RICHARD : Tout le monde le fait alors pourquoi pas moi. Je compte sur vous pour garder le secret.

MARGOT : *(Se moquant gentiment.)* Ne vous inquiétez pas ! Je suis une tombe.

MADAME RICHARD : Et pour en revenir à madame Simonin, vous savez ce qu'elle a fait ?

MARGOT : Non.

MADAME RICHARD : Elle a envoyé au syndic de la copropriété une photo d'une toile d'araignée qu'elle a dénichée dans un petit coin sur une marche de l'escalier… Même un moustique ne l'aurait pas vue.

MARGOT : *(Compatissante mais avec un peu d'ironie.)* Ce n'est pas très sympa.

MADAME RICHARD : J'ai reçu une lettre recommandée du syndic avec un avertissement. C'est la première fois que je suis rappelée à l'ordre depuis dix ans de service dans la maison. Il y a de quoi être vexée, non ?

MARGOT : Effectivement, il y a de quoi.

MADAME RICHARD : Ça m'a donné envie de débagouler.

MARGOT : Débagouler ?

MADAME RICHARD : Envie de vomir, quoi.

LA GLACE : C'est plus simple de dire vomir. Un peu toc-toc, ta concierge.

MARGOT : *(À la glace.)* Chuut…
(À Madame Richard.) Ne faites pas attention à elle.

MADAME RICHARD : *(Croyant qu'elle parle de madame Simonin.)* Vous avez raison, je vais arrêter de penser à elle. Je prends tout trop à cœur. Merci pour votre « compatission ». Je vous laisse, je retourne à mon… À mon labeur. *(Elle sort.)*

MARGOT : Drôle de bonne femme !

LA GLACE : Elle au moins, elle a le mérite de se remettre en question.

Regard noir de Margot puis elle se regarde dans la glace.

MARGOT : Berk… Toute cette poussière !

LA GLACE : Je suis fidèle à ton image.

MARGOT : Il suffit de demander.

Elle nettoie la glace énergiquement. La Glace bouge en même temps pour éviter les gestes brusques de Margot.

LA GLACE : Maintenant que tu t'es bien défoulée, devenons amies, Margot.

MARGOT : Okay ! Alors miroir, oh mon beau miroir, tu me parles et je te parle, j'ignore pourquoi tu squattes mon appart et pas moyen de t'en déloger alors okay pour être amies à la condition - écoute-moi bien ! - que tu restes dans ton cadre. Chacune chez soi. Et tu me fous la paix !

LA GLACE : Je veux bien essayer mais je ne promets rien.

On entend du bruit. Voix de femme.
Margot court se placer devant le judas.

MARGOT : Oh l'enfoiré…! Il a le culot de ramener une nana chez lui. Sous mes yeux !

LA GLACE : Tu n'es pas obligée de regarder.
On entend la porte claquer.

MARGOT : Il va me le payer !
(Elle court vers le buffet, sort une clé, la montre.)
J'ai gardé sa clé. Demain j'irai faire un tour dans son appartement et il verra de quoi je suis capable.

LA GLACE : Ne fais pas ça, c'est ridicule !

MARGOT : Toi, tu m'emmerdes à la fin.
Elle éteint la lumière et sort.

****

SCENE 6

En petit tailleur, Margot rentre du travail. Elle se regarde dans la glace (le personnage de la glace dort).

MARGOT : Ce matin avant d'aller au boulot, je me suis éclatée à un point !... Mais à un point ! Tu ne peux même pas imaginer… Tu m'entends, oh tu m'entends ?
(La glace ouvre un œil.)
Incroyable comme ça m'a fait du bien … Je me sens… Je me sens, comment dire, libérée. Oui, c'est ça, je me sens libérée. *(Elle fait quelques pas de danse.)*

LA GLACE : Qu'est-ce que tu as fait ?

Bruit de clé dans le couloir.

MARGOT : C'est lui ! Il rentre chez lui.

Un temps.
Puis sonnerie intempestive.

BENOÎT : Ouvre, Margot ! Ouvre tout de suite ! Tu vas m'ouvrir, oui ou non !

MARGOT : Je n'ai pas d'ordre à recevoir de toi.

BENOÎT : Je te préviens, je défonce la porte. Un, deux…

LA GLACE : Il a l'air très en colère.

BENOÎT : Et de…

Margot ouvre.
Benoît entre et manque de tomber.
La Glace se cache les yeux.
Margot s'approche de Benoît.

MARGOT : *(Hypocritement compatissante.)* Ça va ?

BENOÎT : *(Vexé.)* C'est bon, c'est bon.

La Glace ôte ses mains des yeux.

BENOÎT : *(À Margot.)* Qu'est-ce qui t'a pris ? Tu deviens complètement cinglée.

MARGOT : *(Jouant l'innocente.)* Moi !

BENOÎT : Qui d'autre ?

MARGOT : Elle !

BENOÎT : Tu recommences avec ta glace ! … Ma chambre est dévastée, la porte n'a pas été fracturée et tu es la seule à être en possession de la clé de mon appart. Que dois-je en conclure à ton avis ?

LA GLACE : À mon avis…

MARGOT : Oh la ferme, tu veux !

BENOÎT : Et tu oses en plus me dire de la fermer ! C'est incroyable ! Alors que tu as éventré le matelas.

LA GLACE : Non ! Tu n'as pas osé faire ça !

MARGOT : Et pourquoi, ce serait moi ? Pourquoi ça ne serait pas elle ?

BENOÎT : Arrête de me parler de cette glace. Tu es folle et je m'en aperçois seulement maintenant.

MARGOT : Je parle de celle que tu as fait monter chez toi hier soir. Assume au moins !

BENOÎT : Jalouse ? Tu es jalouse ?

MARGOT : Sûrement pas ! Tu peux recevoir toutes les putes de la terre, je m'en fous.

BENOÎT : Une pute ! L'autre jour, c'était la glace, maintenant, c'est ma cousine… Tu n'as que ce mot à la bouche.

MARGOT : Ta cousine ? C'est nouveau ça ! Tu ne m'as jamais parlé d'une cousine !

LA GLACE : Tu ne lui as jamais demandé de te montrer son arbre généalogique.

MARGOT : *(À la Glace.)* Arrête de dire des conneries !

BENOÎT : Ce ne sont pas des conneries. Je n'ai pas eu l'occasion de te présenter encore toute ma famille. C'est Greta, la fille de ma tante qui habite en Belgique. Elle est à Paris pour un entretien… Ce n'était pas prévu, et prise de court, comme elle ne connaît pas bien la capitale, elle m'a demandé de l'héberger pour une nuit. Ça te va comme explication ? Et maintenant, redonne-moi ma clé !

MARGOT : Redonne-moi la mienne d'abord !

BENOÎT : Je vais la chercher. *(Il sort.)*

LA GLACE : Alors, tu es fière de toi ?

MARGOT : N'en rajoute pas, tu veux !

Benoît entre.

BENOÎT : Voilà !

MARGOT : Voilà la tienne !

BENOÎT : Salut ! *(Il sort.)*

LA GLACE : Satisfaite ?

MARGOT : Ce n'était pas sa cousine. Il ment.

LA GLACE : Dans quel intérêt ? Benoît est quelqu'un de sincère, d'honnête et de…

MARGOT : Tu es toujours à le défendre…
Allez, pousse-toi !
(Elle se regarde dans la glace.)
Je suis trop petite.
(Elle va chercher des talons, les mets. Se regarde.)
C'est mieux.
(Elle fait quelques pas. Puis revirement.)
Je n'ai jamais été à l'aise là-dedans.
(Elle jette ses chaussures au loin. Elle se regarde dans la glace. Elle n'est pas satisfaite.)
(Agressive.) Tu le fais exprès… Avoue !

LA GLACE : Qu'est-ce qui se passe encore ?

MARGOT : Qu'est-ce qui se passe, qu'est-ce qui se passe !!??

LA GLACE : *(Très calme.)* Ton plan foireux et raté t'a mise de mauvaise humeur.

MARGOT : C'est toi qui me mets de mauvaise humeur.

LA GLACE : Moi !

MARGOT : Oui, toi, tu t'es mise en mode grossissante.

LA GLACE : En mode grossissante ! Mais qu'est-ce que tu ne vas inventer !

MARGOT : Ça, c'est quoi, ça ? C'est quoi ? … Ces bourrelets ? Là, là et là !

LA GLACE : C'est normal, tu as arrêté de faire du sport, tu restes tannée sur ton canapé toute la journée quand tu ne vas pas travailler et tu manges des cochonneries… C'est comme ta tignasse. Tu ne prends même plus la peine de te coiffer.

En colère, elle ouvre un tiroir, sort une brosse et se coiffe avec violence.

MARGOT : *(Avec rage.)* Voilà ! Voilà et voilà !

LA GLACE *(En écho.)* Aïe ! Aïe ! Et aïe !...

MARGOT : *(Plus près de la glace.)* Et ça, c'est quoi ?

LA GLACE : Un cheveu blanc.

MARGOT : Mon premier cheveu blanc.

LA GLACE : Et j'en vois d'autres. Ici et ici et… Ah et encore un là, un tout petit mais, comme on dit : « petit deviendra grand ».

Margot arrache un cheveu blanc et inspecte sa chevelure. Elle compose un numéro.

MARGOT : Allo, bonjour Madame, c'est pour un rendez-vous... Pour une couleur... D'accord, ça me va... Le 15 à 18 heures, très bien.
(À la glace.) Tu es contente, je suppose ?

LA GLACE : Contente ?

MARGOT : Tu as gagné.

LA GLACE : Gagné quoi ? Ce n'est pas à moi que tu dois plaire.

****

SCENE 7

Margot balaye des yeux l'appartement.
Elle n'est pas encore allée chez le coiffeur.

MARGOT : Et si je relookais la pièce ?
(Elle commence à déménager les meubles.)
(À la glace.) Tu pourrais m'aider au lieu de me regarder bêtement.

LA GLACE : Ah non, non, je respecte la règle : je reste dans mon cadre.

MARGOT : Quand ça t'arrange.

On sonne à la porte.
Madame Richard entre, un bouquet de fleurs à la main.

MARGOT : Entrez, entrez, je voudrais déplacer le canapé mais je n'y arrive pas toute seule.

MADAME RICHARD : Pas de problème. Où voulez-vous le mettre ?

MARGOT : Je voudrais le mettre ici.

Madame Richard semble perplexe, elle pose les fleurs, prend les mesures avec ses mains, ses bras, ses pieds.

MADAME RICHARD : Il ne rentrera pas.

LA GLACE : *(Singeant madame Richard puis ironique.)* Non, non, non, il ne rentrera pas.

MARGOT : Vous n'entendez vraiment rien, Madame Richard ?

MADAME RICHARD : Non.

MARGOT : *(Gros soupir.)* Bon, essayons tout de même.

Elles essaient mais il ne rentre pas.

MADAME RICHARD : Je vous l'avais dit.

LA GLACE : Elle te l'avait dit.

MARGOT : On n'a qu'à le mettre ici.

MADAME RICHARD : Vous croyez ?

MARGOT : Oui, oui, c'est très bien.

LA GLACE : *(Ironique.)* Magnifique !

MADAME RICHARD : Le buffet gêne un peu.

MARGOT : Bougeons-le !

MADAME RICHARD : Allons-y !

MARGOT : Très bien.

MADAME RICHARD : On pourrait déplacer la glace et la remplacer par ce petit meuble-ci.

LA GLACE : Ah non ! Pas question !

MARGOT : *(Comme pour se venger de la glace.)* Bonne idée !

LA GLACE : Non, je suis très bien là.

MADAME RICHARD : Vous portez la glace et moi, le meuble.

MARGOT : Allons-y !

LA GLACE : C'est ce qu'on va voir.

Jeu de mains entre Margot et la glace.

MADAME RICHARD : Vous avez des démangeaisons ?... *(Margot ne l'entend pas, elle pose le meuble.)* Je vais vous aider.

LA GLACE : Empêche-la sinon je fais un malheur.

MARGOT : Un malheur ! Quel malheur ?

MADAME RICHARD : Oui, quel malheur ? De quel malheur parlez-vous ?

MARGOT : Euh… Vous savez bien ce qu'on dit quand on casse une glace…

MADAME RICHARD : Il n'y a pas de raison pour qu'on la casse… Allez, à deux, on la soulève. Un, deux… Qu'est-ce qu'elle est lourde, on ne dirait pas comme ça à la voir.

MARGOT : *(À la glace.)* Tu ne fais aucun effort !

MADAME RICHARD : *(En colère – à Margot.)* Je ne fais aucun effort, tu exagères ! Je me casse le dos pour toi et…

MARGOT : *(Calmement.)* On se tutoie maintenant, madame Richard ?

MADAME RICHARD : Excusez-moi ! Mais c'est vous aussi, je vous rends service et…

MARGOT : Calmez-vous ! Je me parlais à moi-même.

MADAME RICHARD : Vous vous parliez à vous-même !

MARGOT : Oui, ça m'arrive. *(Se montrant du doigt dans la glace comme si elle se parlait à elle-même.)* Tu vas réussir à me fâcher avec tout le monde.

LA GLACE : Alors laisse-moi où je suis.

MARGOT : On va la laisser là où elle est.

LA GLACE : Ah quand même !

MADAME RICHARD : Comme vous voulez.

L'appartement est réaménagé un peu n'importe comment.

MARGOT : On a beau dire, le changement, il faut le faire de temps en temps.

MADAME RICHARD : Si ça vous plait.

LA GLACE : *(En écho.)* Si ça lui plait.

MARGOT : Ça ne vous plait pas à vous ?

MADAME RICHARD : Ben… Disons que je n'aurais pas fait comme ça.

LA GLACE : Moi non plus.

MARGOT : *(À la glace.)* On t'a pas sonnée.

MADAME RICHARD : Vous venez de me demander…

MARGOT : Oui, euh… Oui, excusez-moi !

MADAME RICHARD : *(Compatissante.)* Vous parliez encore à vous-même.

MARGOT : Oui. Oui, c'est ça… À moi-même.

MADAME RICHARD : Vous voulez que je vous dise, mademoiselle Margot…

MARGOT : Oui…

MADAME RICHARD : Vous souffrez d'un dédoublement de la personnalité… Si, si, j'ai lu un article la semaine dernière chez mon toubib dans la salle d'attente. Vous devriez consulter, ça peut devenir grave.

MARGOT : *(Apercevant enfin les fleurs.)* Ces fleurs, elles sont pour qui ?

MADAME RICHARD : Pour vous !

MARGOT : Pour quelle raison vous m'offrez des fleurs ?

MADAME RICHARD : Ah non, ce n'est pas moi qui vous les offre, le fleuriste vient de me les livrer… C'est de monsieur Benoît… Il y a une enveloppe et sans doute un mot à l'intérieur.

MARGOT : Vous ne l'avez pas lu, j'espère ?

MADAME RICHARD : Macache ! Macache, macache ! Macache !

MARGOT : Macache ?

MADAME RICHARD : Oui, macache. Macache… C'est un mot… attendez que je me souvienne, c'est un mot qui exprime la négation, oui, c'est ça.

MARGOT : Ah !

LA GLACE : C'est plus simple de dire « non ». Un peu toc-toc, ta concierge.

MADAME RICHARD : C'est dans le dictionnaire.

MARGOT : Mais, dites-moi, madame Richard, comment choisissez-vous vos mots ?

MADAME RICHARD : Au hasard. J'ouvre le dictionnaire, je ferme les yeux et je mets le doigt sur un mot.

MARGOT : Ah ! Mais pourquoi pas.

MADAME RICHARD : Mademoiselle Margot… Il faut que je vous dise quelque-chose mais je ne sais pas comment vous le dire.

MARGOT : Avec des mots simples.

MADAME RICHARD : Oui mais… Bon… Je commence… Je crois que si monsieur Benoît vous envoie des fleurs, c'est pour se faire pardonner.

MARGOT : Se faire pardonner ?

MADAME RICHARD : Ça ne me regarde pas mais je l'ai vue.

MARGOT : Qui ?

MADAME RICHARD : Cette femme ! Je les ai vus passer tous les deux devant ma loge l'autre soir et repasser le matin. *(Changement de ton.)* Excusez-moi, je vous fais de la peine.

MARGOT : Non, je le savais.

MADAME RICHARD : C'est madame Gaspard qui vous l'a dit ? Elle a été plus rapide que moi.

MARGOT : Je ne sais même pas qui c'est votre madame Gaspard.

MADAME RICHARD : Je me méfie d'elle, je trouve qu'elle cause trop… Ah, tous les mêmes ! Le mien, il est parti un jour avec une jeunette… C'était un grand fumeur, vous voyez où je veux en venir ?

MARGOT : *(Un peu agacée.)* Pas vraiment.

MADAME RICHARD : Il m'a dit : « je vais acheter des cigarettes » et pff, plus jamais revu, … Il n'a pas eu le courage de m'avouer qu'il *(En cherchant ses mots.)* « co-pu-lait » avec une autre.

MARGOT : Ce n'est pas mieux d'avouer sa faute.

MADAME RICHARD : Ah ben si, parce que derrière l'aveu, il y a l'espoir…

MARGOT : L'espoir… L'espoir de quoi ?

MADAME RICHARD : D'un nouveau départ.

MARGOT : *(Pas convaincue.)* Ah oui, vous croyez ?

MADAME RICHARD : Si mon homme m'avait avoué sa faute, on aurait pu recoller les morceaux.

MARGOT : Quand on recolle, ce n'est plus pareil.

MADAME RICHARD : Parfois ça tient mieux. L'autre jour, j'ai recollé mon pot de terre...

MARGOT : Ça n'a rien à voir, voyons !

MADAME RICHARD : Ma sœur s'est recollée avec son mari le mois dernier… Faut dire qu'elle a foutu une de ces raclées à cette… Cette « gourgandine »… Je vous dis pas…
Vous savez ce que c'est une gourgandine ?

MARGOT : *(Agacée.)* Oui.
(Changement de ton.) Une violente, votre sœur.

MADAME RICHARD : Violente mais intelligente parce qu'elle a reconnu ses torts, elle en avait aussi. Parce que les torts, eh ben, il y en a des deux côtés. Tenez, moi par exemple, en dernier je le délaissais mais j'avais une excuse… Deux fois des jumeaux… C'est du boulot, on n'a plus de temps de s'occuper du mari et le mari va voir ailleurs pour son coït. *(Elle le prononce mal.)* Je l'aimais, vous savez, mon homme.

LA GLACE : Toi aussi, tu l'aimais.

MADAME RICHARD : S'il m'en avait parlé, j'aurais réagi, j'aurais tout fait pour le reconquérir.

LA GLACE : Il t'en a parlé et tu l'as mis dehors.

MADAME RICHARD : On ne va pas revenir sur le passé, c'est fait, c'est la vie.

LA GLACE : Il n'est jamais trop tard pour réparer ses erreurs.

Margot se bouche les oreilles.

MADAME RICHARD : Si je vous ennuie, faut le dire.

MARGOT : Non, non, continuez, c'est elle.

MADAME RICHARD : L'autre partie de vous-même qui ne veut pas entendre ?

LA GLACE : Elle comprend vite.

MARGOT : Madame Richard, vous la voulez cette glace ? Elle devient encombrante, beaucoup trop encombrante. Je vous l'offre.

MADAME RICHARD : Je vous remercie mais je ne saurais pas où la mettre. Mon appartement est deux fois plus petit que le vôtre.

LA GLACE : Tu es condamnée à me garder.

MADAME RICHARD : Ne vous laissez pas abattre, mademoiselle Margot. Maintenant il faut apprendre à vous organiser seule. Il y a des choses qui nous échappent mais c'est la vie, que voulez-vous ?

LA GLACE : Elle devient philosophe.

MARGOT : C'est son droit, non ?

MADAME RICHARD : Son droit ? À qui ? À la vie ?

MARGOT : Non, le vôtre.

MADAME RICHARD : Mon droit ?

MARGOT : Celui de philosopher.

MADAME RICHARD : Comme Frédéric Nietzche ? *(Margot la regarde avec étonnement.)* C'était un philosophe... Il a dit... Il a dit que... que « tout ce qui ne tue pas, rend plus fort ».

LA GLACE : D'où elle sort ça ?

MADAME RICHARD : Je l'ai lu dans la salle d'attente de mon dentiste... Dans une revue... J'ai retenu la phrase.

MARGOT : *(Se moquant gentiment.)* Vous avez une bonne mémoire. Je ne doute pas que bientôt vous connaîtrez le dictionnaire par cœur.

MADAME RICHARD : Oh, mais je me rends bien compte que j'ai la tête de l'emploi. Même si je n'ai pas le balai à la main, quand je monte ou que je descends les escaliers et que je croise une personne qui n'habite pas l'immeuble, eh ben cette personne-là me prend pour la concierge.

MARGOT : Vous vous faites des idées.

MADAME RICHARD : Ah non, croyez-moi ! Il suffit de me regarder pour savoir que je suis la concierge de l'immeuble.

LA GLACE : Elle est réaliste.

MADAME RICHARD : C'est comme ça, faut accepter.

LA GLACE : Et fataliste.

MARGOT : Si vous vous arrangiez un peu… Vous n'êtes pas pire qu'une autre.

MADAME RICHARD : C'est vous qui me dites que je dois m'arranger, vous vous êtes vue ? Bientôt, vous allez me ressembler.

LA GLACE : Et Benoît se demandera comment tu as pu susciter son désir.

MARGOT : Laisse Benoît où il est, tu veux !

MADAME RICHARD : Je n'ai pas parlé de monsieur Benoît.

MARGOT : Oui, je … J'ai…

MADAME RICHARD : Encore votre autre…

MARGOT : Oui.

MADAME RICHARD : *(Changement de ton.)* Vous n'ouvrez pas l'enveloppe.

MARGOT : Si... si... *(Elle l'ouvre.)* Il n'a rien écrit.

MADAME RICHARD : Et il a tout dit.
(Margot la regarde avec étonnement. La glace applaudit.)
Bon, allez, ce n'est pas que je m'ennuie avec vous mais j'ai du boulot, je dois mettre à jour le panneau d'affichage... Une note de service du syndic à afficher... Encore un coup de madame Simonin... Je suis sûre que ça vient d'elle.

MARGOT : Et cette note, elle dit quoi ?

MADAME RICHARD : Qu'il est interdit de mettre du linge à la fenêtre... C'est les nouveaux locataires du quatrième. Ils ont mis à sécher une serpillère sur le bord de leur fenêtre... Une toute petite, on la voit à peine mais « rien aux fenêtres », c'est dans le règlement, elle inspecte tout, je vous dis. Et hop ! Une nouvelle dénonciation... Elle ne l'emportera pas au paradis.
(Elle sort.) Vous devriez voir un médecin, mademoiselle Margot.

MARGOT : Un médecin ? Je ne suis pas malade.

MADAME RICHARD : *(En voix off.)* Pour vos démangeaisons...

MARGOT : Elle est soulante.

LA GLACE : Mais logique. Tu devrais l'écouter. Et en plus, on apprend du vocabulaire avec elle.

Margot (rêveuse) pose les fleurs délicatement dans un vase.

LA GLACE : Il te manque.

MARGOT : Non.

LA GLACE : Menteuse !

MARGOT : Non, je te dis ! Je ne suis pas en manque de lui, je suis en manque tout court... En manque d'un homme, en manque de tendresse, en manque d'amour... C'est dommage qu'on ne puisse pas donner vie à l'homme de ses rêves.

LA GLACE : Et il est ressemblerait à quoi l'homme de tes rêves ?

MARGOT : Pour commencer, il me serait fidèle Et... Et... Et il ferait tout ce que je veux.

LA GLACE : Ce n'est pas un homme qu'il te faut, c'est un chien.

****

SCENE 8

Margot a une nouvelle coiffure. Suite de spots de lumière pour marquer le passage des jours.

MARGOT :
Lumière.
Hier, je suis allée chez le coiffeur.
Aujourd'hui, je me trouve belle
Noir.
Lumière.
Hier, avec Sandrine, on a forcé sur l'alcool.
Aujourd'hui, j'ai la gueule de bois.
Noir.
Lumière.
Hier, je me suis inscrite à un cours de gym.
Aujourd'hui, j'ai assisté au premier.
Je pète la forme
Noir.
Lumière.
Hier soir, j'ai pleuré, j'ai mal dormi.
Aujourd'hui, je n'ai pas entendu le réveil, j'ai loupé mon train, je suis arrivée en retard au travail.
Noir.
Lumière.
Hier, j'ai senti son parfum dans l'ascenseur.
Aujourd'hui, j'ai décidé que je ne prendrai plus l'ascenseur.
Noir.
Lumière.
Hier, je me suis ennuyée.

Aujourd'hui, je n'ai rien fait.
Noir.
Lumière.
(Devant la glace.) Hier, je me suis acheté cette jupe.

LA GLACE : Un peu courte.

MARGOT : Ton avis ne m'intéresse pas.
Noir.
Lumière.
Aujourd'hui, je suis invitée au restaurant.

LA GLACE : Benoît ?

MARGOT : Jean-Bernard.

LA GLACE : Qui c'est celui-là ?

MARGOT : Un collègue de travail.

LA GLACE : Beau gosse ?

MARGOT : Aucune importance.

LA GLACE : Sûrement pas aussi beau que Benoît.

MARGOT : Pas envie de comparer.

MADAME RICHARD : *(Voix off.)* C'est moi, mademoiselle Margot. Ouvrez-moi !

****

SCENE 9

Madame Richard entre.

MADAME RICHARD : Tenez ! C'est monsieur Benoît qui me l'a remis en me recommandant de vous le donner en main propre... C'est un CD. J'adore la chanson.

MARGOT : Ah, parce que vous l'avez déjà écoutée ?

MADAME RICHARD : Macache ! Je ne me permettrais pas, mademoiselle Margot. J'ai juste vu le titre... Faut dire que le papier d'emballage n'est pas épais. On voit à travers... Et si j'osais, je vous demanderais de l'écouter avec vous.

MARGOT : Oui, eh bien, n'osez pas !

MADAME RICHARD : Je vous dérange, je crois... Vous vous êtes fait une beauté... C'est pour monsieur Benoît ?

MARGOT : Non.

MADAME RICHARD : Vous l'avez alors déjà oublié... Pauvre monsieur Benoît !

LA GLACE : Pauvre Benoît !

MARGOT : *(À la glace.)* Ah non ! Tu ne vas pas recommencer.
(Regard de madame Richard.) Non, non ce n'est pas à vous que je parle.

MADAME RICHARD : *(Compatissante.)* Oui, je sais.

MARGOT : Dans quel camp vous êtes, avec lui ou avec moi ?

MADAME RICHARD : Dans aucun, vous m'êtes très sympathique et monsieur Benoît aussi. Il me dit toujours bonjour, ce n'est pas le cas de tout le monde dans l'immeuble. Et en plus, il a du charisme *(Prononcer ch.)*

MARGOT : Ka… Ka…

MADAME RICHARD : Caca ?

MARGOT : Karisme et pas charisme.

MADAME RICHARD : Encore un mot qui vient de l'anglais.

MARGOT : Mais non… C'est…

MADAME RICHARD : Pas la peine de vous énerver. En tout cas, si j'étais plus jeune, croyez-moi que…

MARGOT : La question ne se pose pas. Au revoir, je dois me préparer.

MADAME RICHARD : D'accord, je m'en vais. *(Elle sort. Revient.)* Dites, vous me le prêterez le CD ?

MARGOT : On verra, au revoir.
(Madame Richard sort. Margot touche et retouche le cadeau. La glace sort de son cadre, elle arrache le CD des mains de Margot.) Qu'est ce qui te prend ? Retourne dans ton cadre.

LA GLACE : Alors ouvre-le !
(Margot le lui arrache des mains et déballe le cadeau.)

MARGOT : *(Émue.)* C'est notre chanson.

LA GLACE : Il a touché dans le mile.
(La glace emmène Margot devant le miroir.)
Regarde-toi… Là, en face ! Regarde comme ton visage est transformé d'un coup. Tu es toute émue.

MARGOT : Pff !

LA GLACE : Bravo Benoît ! Tu as bien joué.

MARGOT : Je me demande pourquoi tu restes chez moi. Va rejoindre « ton » Benoît puisque tu l'aimes tant.

On sonne à la porte.

La glace retourne dans son cadre.

MADAME RICHARD : Ah ! Vous n'êtes pas encore partie. J'avais oublié de vous donner votre revue

MARGOT : Merci, au revoir.

MADAME RICHARD : Bonne soirée.

MARGOT : *(Agacée.)* Oui, merci. Vous aussi.
(Elle regarde la couverture de la revue avec intérêt puis cherche à l'intérieur et tourne les pages avec impatience.)
Une enquête sur l'infidélité… Page, page, page…

La glace sort de son cadre et s'avance vers Margot.

LA GLACE : Et qu'est-ce qu'ils disent ?
(La glace lui arrache la revue des mains.)

MARGOT : Mais ce n'est pas vrai !
(Margot la lui reprend. Elle lit en silence.)

LA GLACE : Lis à haute voix !

MARGOT : Quand tu seras retournée dans ton cadre.

(La glace y retourne.)
LA GLACE : J'y suis. Je t'écoute.

MARGOT : Les raisons qui conduisent à l'infidélité… sont : première raison – « suite à un coup de foudre ».

LA GLACE : L'amour passion… qui passe.

MARGOT : Deuxième raison - « par désir de vivre une expérience ».

LA GLACE : L'amour du sexe… qui passe.

MARGOT : Troisième raison - « pour s'accorder une parenthèse à sa vie de couple ».

LA GLACE : L'amour de la nouveauté… qui passe.

MARGOT : Quatrième raison - « parce qu'ils n'aiment plus leur partenaire ».

LA GLACE : La seule raison valable.

Margot lève le nez de sa revue, semble réfléchir et reprend sa lecture.
MARGOT : 40 % des couples français sont ou ont été infidèles et une personne sur deux interrogées se déclare être prête à passer à l'acte.

LA GLACE : Le monde est coupé en deux.

MARGOT : Et toujours d'après leur sondage, les hommes pardonneraient plus facilement que les femmes… C'est évident.

LA GLACE : Ah oui ! Pourquoi ?

MARGOT : Parce qu'ils sont deux fois plus infidèles que les femmes.

LA GLACE : Et qu'est-ce qui te fait dire ça ?

MARGOT : Notre couple ! Il en est bien la preuve. Non ?

LA GLACE : *(Ironique.)* Et les femmes sont toutes des saintes !

MARGOT : Je n'ai pas envie de discuter avec toi. Fous-moi la paix !
(Coup de fil.)
(Au téléphone.) Bonsoir, Jean-Bernard. J'arrive.

LA GLACE : Tu y vas quand même ?

MARGOT : Oui !

LA GLACE : Je pensais que le CD t'aurait fait changer d'avis. Tu me déçois.

MARGOT : J'avais décidé d'aller ce soir diner avec Jean-Bernard et j'y vais.

Elle s'arrange devant la glace.
Avance son visage.

LA GLACE : C'est quoi ce gros bouton sur ton nez ?

MARGOT : Quel bouton ?

LA GLACE : Prêt à être percé.

MARGOT : Où ?... *(Affolée.)* Où ça ? Je ne le vois pas.

LA GLACE : Moi non plus.

La glace rit.
Margot prend son sac, sort en claquant la porte avec colère.

****

SCENE 10

Le lendemain.

LA GLACE : Tu es rentrée tard, hier soir.

MARGOT : Je n'ai pas de compte à te rendre.

LA GLACE : Tu as couché avec lui ?

MARGOT : *(Soupir d'énervement.)* Pff !

LA GLACE : Tu as couché ou pas ?

MARGOT : Non.

LA GLACE : Il ne te l'a pas proposé ?

MARGOT : C'est quoi, cet interrogatoire ?

LA GLACE : Il te l'a proposé ? Oui ou non ?

MARGOT : Pff !

LA GLACE : Et tu as refusé ?

MARGOT : Pff !

LA GLACE : Tu as refusé parce qu'il ne te plait pas.

MARGOT : C'est une affirmation ?

LA GLACE : S'il t'avait plu, tu lui aurais cédé. Ça aurait été l'occasion de te venger de Benoît mais le problème c'est que…

MARGOT : C'est toi, mon problème.

LA GLACE : Moi ?

MARGOT : Si tu crois que c'est marrant de rentrer à la maison après une journée de boulot et de ne parler qu'à son reflet.

LA GLACE : Si tu crois que c'est marrant d'avoir en face de soi une personne qui gâche sa vie.

MARGOT : Je ne gâche pas ma vie, je fais plein de choses.

LA GLACE : Pour l'oublier !

MARGOT : Non !

LA GLACE : Tu veux faire croire à tout le monde que tu gères mais c'est faux.
(Changement de ton.) Je n'ai pas raison ?

MARGOT : *(Avec émotion.)* Je viens de le croiser dans l'escalier. Il descendait et je montais.

LA GLACE : Et ?

MARGOT : On est restés comme ça, à se regarder… Sans parler.

LA GLACE : Longtemps ?

MARGOT : Quelques secondes puis il est descendu et je suis montée.

LA GLACE : Fière comme une reine d'Egypte devant lui et blocage de son côté.

MARGOT : De le voir tout près de moi, ça m'a remué le ventre.

LA GLACE : Des papillons ?

MARGOT : Oui, des millions, des milliers de papillons… *(Changement de ton.)*…. Des papillons ! Tu me fais dire n'importe quoi.

LA GLACE : Inutile de lutter, tu n'y arriveras pas. Tu sais bien que tu l'aimes mais tu as un tel amour propre que…

MARGOT : Tais-toi !
(Changement de ton.) J'aimais notre vie ensemble, tu peux comprendre ça ?... J'aimais nos fous rires… Notre complicité.

LA GLACE : Et son amour.

MARGOT : Stop !

LA GLACE : Tu t'en veux parce que tu l'as viré et tu ne sais pas comment faire marche arrière alors qu'il serait tellement simple de lui pardonner son petit écart.

MARGOT : Petit ou grand, en amour, c'est tout ou rien.

LA GLACE : Tu m'emmerdes avec tes préjugés et tes états d'âme.

MARGOT : Mais je ne t'ai rien demandé. Et encore moins de m'analyser. Si je t'emmerde, vas-y, pars, disparais ! Je ne te retiens pas.

LA GLACE : Je ne partirai que quand. *(Elle s'arrête brusquement.)*

MARGOT : Quand quoi ?

LA GLACE : Quand rien.

MARGOT : Alors tais-toi !

Margot met le CD, ferme les yeux et chante.

****

SCENE 11

Le CD est toujours sur la chaîne.
On sonne à la porte.
Margot coupe la musique et regarde dans le judas.

MARGOT : C'est lui !

Margot pousse le personnage de la glace et se regarde dedans pour s'arranger un peu.
Deuxième sonnerie. Elle hésite. La glace sort de son cadre.

MARGOT : Où tu vas ?

LA GLACE : Lui ouvrir.

MARGOT : Retourne là-bas !

LA GLACE : Alors ouvre-lui !

Margot s'exécute et la glace retourne dans son cadre.
Benoît entre.

BENOÎT : Je… Je… Tu as refait la déco.
Il se place devant la glace et jette un œil dedans.

LA GLACE : *(En lui envoyant plein de baisers.)*
Quel bel homme ! Si j'étais une vraie femme, crois-moi que je m'accrocherais.

MARGOT : Oui mais tu n'es pas une vraie femme.

BENOÎT : Euh, non,… Non, je suis un homme. Un vrai !

MARGOT : Je ne vois pas le rapport.

BENOÎT : Tu m'inquiètes vraiment, tu sais, tu sembles si perturbée.

MARGOT : Macache ! Macache, macache ! Macache !

BENOÎT : Macache ?

MARGOT : *(Imitant madame Richard.)* Oui, macache. Macache… C'est un mot qui exprime la négation.

BENOÎT : Ah !

LA GLACE : Et toi tu deviens toc-toc.

MARGOT : C'est dans le dictionnaire.

BENOÎT : *(Avec indifférence.)* Ah oui !... Oui, bien sûr !...

MARGOT : Qu'est-ce que tu regardes comme ça ?

BENOÎT : Ta déco. Très spéciale.

MARGOT : Moi je la trouve à mon goût.

BENOÎT : Spéciale ne veut pas dire laide.

MARGOT : Exact.

BENOÎT : J'aime bien ta nouvelle coiffure et cette couleur te va bien.

MARGOT : Ne te sens pas obligé.

BENOÎT : Je ne me sens pas… Ah okay, okay, je vois, tu ne me crois pas… Tu ne me crois plus…

MARGOT : Tu voulais quelque chose ?

BENOÎT : Je passais juste comme ça pour voir si tout allait bien.

MARGOT : Arrête de t'inquiéter pour moi. On s'est croisé tout à l'heure dans l'escalier et je n'ai jamais été aussi bien qu'en ce moment.

BENOÎT : Tu as changé de boulot ?

MARGOT : Non.

BENOÎT : D'horaires alors ?

MARGOT : Non.

BENOÎT : Il y a un autre homme dans ta vie.

MARGOT : Non.

BENOÎT : Personne ?

MARGOT : Non.
(Échange de regards émotion en silence.)

MARGOT : Et… Et toi ?

BENOÎT : Non. Enfin si mais elle ne veut plus de moi… Qu'est-ce que tu as, tu es pâle tout à coup.

LA GLACE : *(En chantonnant.)* L'amour, l'amour…

MARGOT : *(À la glace.)* Tais-toi !

BENOÎT : Je n'ai rien dit de mal.

MARGOT : Oui, je sais, je sais… Je… Je…

BENOÎT : Ça va ? Tu… Tu vas bien ?

MARGOT : Oui, oui.

Il aperçoit la revue, la prend en main.

BENOÎT : Une enquête sur l'infidélité. Et il en ressort quoi de cette enquête ?

MARGOT : Que le mot fidélité va bientôt sortir du dictionnaire.

LA GLACE : Un mot en moins pour la concierge.

BENOÎT : *(En réponse à Margot.)* Ne dis pas de bêtises !

La glace prend la réflexion de Benoît pour elle.
LA GLACE : Ça serait lui rendre service parce que c'est un mot très compliqué à définir.

Margot se tourne vers la glace, lui jette un regard noir et avec les doigts lui fait signe de se taire.
Benoît la regarde étonné.

MARGOT : *(Se retournant vers Benoît.)* Ok, ne nous fions pas à cette enquête. Rien n'est plus faux que les sondages, il paraît.

BENOÎT : On le dit pour la politique.

MARGOT : On le dit quand on ne veut pas y croire.

BENOÎT : Sans doute mais faut-il tout croire ?

MARGOT : C'est une histoire de confiance.

BENOÎT : Comme pour nous deux.

MARGOT : Oui.

BENOÎT : Tu n'as plus confiance en moi ? *(Un temps.)* Quelle preuve dois-je te donner ? *(Un temps.)* Et si on refaisait notre voyage de noces ?

MARGOT : On n'était pas mariés.

BENOÎT : *(À genoux.)* Margot, veux-tu m'épouser ?

LA GLACE : Oh qu'il est mignon ! Dis oui, Margot, dis oui !

MARGOT : *(Cassante.)* C'est tout ce que tu as trouvé ? Être liée à toi juste par, à cause et grâce à un bout de papier…

LA GLACE : Et elle, c'est tout ce qu'elle trouve à lui répondre !

BENOÎT : Alors ne nous marions pas mais je te demande… Non, je t'implore, de m'accorder à nouveau ta confiance. Margot, je t'en supplie !

MARGOT : J'ai beaucoup réfléchi ces derniers jours. Sur toi, sur moi, sur nous.

BENOÎT : Moi aussi. Je n'aurais jamais pensé que l'absence d'une personne puisse devenir plus forte qu'une présence. C'est aussi comme ça que tu l'as ressenti ? *(Margot se tait, embarrassée.)* Donc, c'est oui. Margot, tout peut redevenir comme avant.

LA GLACE : Donne-lui une chance !

MARGOT : *(À la glace.)* Trop tard !

BENOÎT : Il suffirait de faire chacun un pas l'un vers l'autre.

LA GLACE : Oui. Un chacun.

MARGOT : *(À la glace.)* Non !
(À Benoît.) Le pas tu l'as fait, mais dans la direction qu'il ne fallait pas.

BENOÎT : C'est si dur que ça pour toi de pardonner.

MARGOT : Tu te focalises sur ce mot… Pardonner, pardonner…

BENOÎT : Eh bien, oui, j'ai besoin de ton pardon.

LA GLACE : Ouvre ton cœur, Margot !

MARGOT : Non !

LA GLACE : Petite dinde !

MARGOT : Dinde toi-même… !

BENOÎT : Une dinde ? … Moi ?

MARGOT : J'ai dit dinde ?

BENOÎT : Oui, tu as dit dinde.

MARGOT : Ah bon !

BENOÎT : Pourquoi est-ce que tu ne brises pas la glace qui est en toi ?

LA GLACE : Pas si vite, jeune homme ! Ce n'est pas tout à fait l'heure. Et avec cette tête de mule, on n'est pas encore sorti de l'auberge.

MARGOT : *(À la glace.)* Tu n'en as pas marre de…

BENOÎT : *(Croyant que la réplique lui était adressée.)* Okay. Tu ne veux rien entendre alors je m'en vais.
(La glace fait un croche-pied à Benoît qui manque de tomber.) Qu'est-ce que…
(Il regarde par terre, cherche le motif de son déséquilibre.)

LA GLACE : *(À Margot.)* À toi de jouer ! Et vite ! Si tu ne veux pas qu'il parte pour toujours.

MARGOT : *(À Benoît.)* Tu… Tu t'es fais mal ?

BENOÎT : *(Vexé et en colère.)* Non, ça va. Salut !

Margot hésite à le retenir. La glace s'apprête à lui refaire un croche-pied.

LA GLACE : Si tu ne te décides pas, je…

MARGOT : *(À la glace.)* Stop !
(À Benoît.) Attends !

LA GLACE : Ah quand même !

Il revient.
MARGOT : Toi et moi, on était tombés dans la routine et ta… Enfin notre vie a été chamboulée. On s'est séparés, j'ai repris mon indépendance, je me suis dénouée de toi…

BENOÎT : Pas la peine d'insister, j'ai compris, je ne suis pas idiot. *(Il s'apprête à partir. Elle le retient.)*

MARGOT : Mais le problème, c'est que je n'ai pas réussi à me détacher de toi.

LA GLACE : Tu progresses.

BENOÎT : Ça veut dire que rien n'est perdu ? Qu'on va s'aimer comme avant ?

MARGOT : Différemment.

BENOÎT : Moi, je veux t'aimer pareil.

MARGOT : On a mûris, notre amour va être plus… Plus…

BENOÎT : Plus fort. *(Il veut l'étreindre.)*

MARGOT : Une seconde ! D'abord j'ai quelque chose à te dire. Assieds-toi et écoute-moi !
Je… Je... Oh c'est dur à dire…

BENOÎT : Tu me fais peur.

MARGOT : Je t'ai trompé.

BENOÎT : On avait rompu.

MARGOT : Non, c'était avant.

BENOÎT : Et tu me l'avais caché ? Alors qu'on s'était juré de tout se dire !

Il se lève prêt à partir, elle le rattrape.
MARGOT : Reste !

BENOÎT : Tu as raison, c'est du passé. N'en parlons plus.

MARGOT : Si, parlons-en justement. C'était une tromperie un peu… Disons… Particulière.

BENOÎT : Comme moi ! Juste pour le sexe ?

LA GLACE : Ah les hommes ! Je suis sûre que si on savait décrypter leur tout premier cri, on entendrait « sexe », « sexe », sexe et sexe….

MARGOT : *(À la glace.)* Où va se loger ta connerie ! Ce n'est pas possible !

BENOÎT : Je ne te reconnais plus, Margot. Tes réactions… Elles ne sont pas comme avant.

MARGOT : *(À la glace.)* C'est à cause de toi.

BENOÎT : *(Qui le prend pour lui.)* Je sais. Et j'en suis vraiment désolé.

LA GLACE : Toujours à faire culpabiliser les autres.

MARGOT : *(À la glace.)* Laisse-moi parler et tais-toi !

BENOÎT : Je ne fais que ça.

MARGOT : Ce n'est pas à toi que je… Viens par ici ! *(Elle l'emmène le plus loin possible de la glace.)* Ma tromperie… Elle, elle relevait du fantasme.

BENOÎT : Du fantasme ?

MARGOT : J'ai fait l'amour avec toi en pensant à un autre.

LA GLACE : *(Tendant l'oreille.)* Eh ben voilà ! Tu en as mis du temps à comprendre !

Regard noir de Margot vers la glace.
Benoît cherche à savoir par un regard où va celui de Margot.

BENOÎT : *(Sans colère.)* Et tu pensais à qui ?

MARGOT : À un autre, c'est tout.

BENOÎT : À un autre ? C'est-à-dire ?

MARGOT : Oh ce n'est pas facile à expliquer…

LA GLACE : Si tu veux, je peux aller chercher le dictionnaire de madame Richard.

Nouveau regard noir de Margot vers la glace.
Et regard de Benoît vers la direction de celui de Margot.

BENOÎT : J'ai tout mon temps.

LA GLACE : Allez ! Jette-toi à l'eau !

MARGOT : *(En parlant plus bas à Benoît pour que la glace ne l'entende pas.)* Eh bien… euh…
(La glace sort légèrement de son cadre pour mieux entendre.)
Ça ne venait pas.

BENOÎT : Qu'est ce qui ne venait pas ?

MARGOT : Ben tu sais bien….

LA GLACE : L'orgasme.

MARGOT : Oui, comme elle dit.

BENOÎT : Qui est-ce qui dit « quoi » ?

MARGOT : Personne.

BENOÎT : Qu'est-ce qui ne venait pas ?

LA GLACE : L'orgasme… L'or-ga-sme !

MARGOT : L'or-ga-sme ! Il ne venait pas. Et j'ai … Euh… J'ai pensé à un autre homme.

BENOÎT : En faisant l'amour avec moi ?

MARGOT : Oui et… Et c'était magnifiquement bon.

LA GLACE : Tu deviens cruelle, Margot.

BENOÎT : Ouf ! Un moment, j'ai cru que tu m'avais vraiment trompé.

LA GLACE : *(Vers Benoît.)* Mais c'est aussi une tromperie !

MARGOT : *(À Benoît.)* Tu prends… Euh… Tu prends la chose avec beaucoup de… de…

MADAME RICHARD : *(Voix off.)* D'équanimité.

Silence. Un temps d'interrogation sur les visages.

MARGOT *: (Se reprenant.)* Oui, c'est ça, « avec beaucoup d'équanimité ».

LA GLACE : C'était plus simple de parler « d'indifférence » ou de « sérénité ».

BENOÎT : « De recul » tout simplement. Tu as toujours eu de l'imagination, alors ça ne m'étonne pas. Ça t'est arrivé souvent ?

MARGOT : Une fois.

LA GLACE : Oh, la menteuse !

BENOÎT : Une fois, c'est rien… Match nul.

MARGOT : Match nul ?

BENOÎT : Et on repart à zéro.

MARGOT : On repart de là où on s'était arrêtés.

BENOÎT : Okay, rejouons la scène !
(Il sort.)

****

SCENE 12

Benoît ouvre la porte. Madame Richard est derrière, elle manque de tomber, elle s'est fait une beauté très sophistiquée.

BENOÎT : Madame Richard ?

MADAME RICHARD : *(Gênée)* Heu… Heu… Bon… Bonjour, Monsieur Benoît.

MARGOT : Whoua ! Madame Richard ! C'est bien vous ? Qu'est-ce qui vous est arrivé ?

LA GLACE : Pourvu qu'elle ne vienne pas se mirer dans mes entrailles.

MADAME RICHARD : Je veux être présentable devant monsieur Mino. Je… Je venais justement vous dire qu'il va m'aider à écrire mon livre.

MARGOT : Quelle bonne nouvelle !

MADAME RICHARD : Oh oui, je suis heureuse. Et avant qu'il ne change d'avis, j'y cours… Hic et nunc.

MARGOT : Hic et nunc ?

LA GLACE : Hic et nunc ?

BENOÎT : Hic et nunc ? Excusez-moi, madame Richard, mais que veut dire hic et nunc ?

MADAME RICHARD : *(Très étonnée.)* Vous ne savez pas ce que ça veut dire ?

BENOÎT : J'avoue. Je l'ignore.

MARGOT : Moi aussi.

LA GLACE : Moi aussi.

MADAME RICHARD : Ça veut dire ici et maintenant… Là. Tout de suite. Immédiatement.

BENOÎT : Vous en savez plus que moi.

MADAME RICHARD : Faut faire comme moi, monsieur Benoît, faut lire le dictionnaire.
(Regard surpris de Benoît.)

LA GLACE : Des concierges comme ça, on n'en fait plus.

MADAME RICHARD : Alors c'est fait ! Vous vous êtes recollés… Oh, je suis contente… J'ai gagné mon pari… J'avais parié avec Madame Gaspard, elle, elle disait que jamais vous vous remettriez ensemble et moi je disais si… *(Extériorisant sa joie.)* Et j'ai gagné… *(Elle sort en courant toute excitée.)*

MARGOT : Quelle concierge, cette madame Richard !

LA GLACE : Une concierge qui va bientôt devenir un dictionnaire ambulant.

MARGOT : Hic et nunc.
(Gros éclats de rire avec complicité.)

BENOÎT : On reprend notre petit jeu.
(Il sort. La glace s'avance)

MARGOT : Non, non, tu retournes dans ton cadre.
(La glace obéit face à elle.) Tourne-toi de l'autre côté !

LA GLACE : Pas envie.

Benoit entre.
BENOÎT : Bonjour, mon amour.
Tu as passé une bonne journée ?

MARGOT : Si tu crois que j'ai envie de te raconter ma journée au boulot, mes galères, mes prises de bec avec les collègues.

BENOÎT : Okay, on recommence. (*Il sort.*)
Margot retourne la glace de force de façon à ce qu'elle ne les voit pas. (Jeu entre elles) Margot a le dessus.
Benoît entre. Aussitôt, la Glace se retourne. Chérie, il faut que je t'avoue quelque chose : je t'ai...

LA GLACE : Cette scène a déjà été jouée.

MARGOT : C'est vrai, ça !

BENOÎT : Quoi ?

À partir de là, Margot va donner l'impression de ne faire qu'une avec la glace.

MARGOT : Cette scène a déjà été jouée.

LA GLACE : Benoît, je te croyais plus original.

MARGOT : *(En écho.)* Benoît, je te croyais plus original.

LA GLACE : Enfin, mademoiselle m'écoute !

BENOÎT : L'imagination, ça a toujours été ton domaine, à toi. Pas le mien.

LA GLACE : J'ai une idée !

Margot l'interroge du regard. Benoît voit ce regard.

BENOÎT : Cette glace semble avoir une attraction toute particulière sur toi et qui ne me parait pas de bon augure… Il faudrait nous en débarrasser.

LA GLACE : Encore un peu de patience !
(À Margot.) Maintenant, dis lui : « retourne derrière la porte et attends mon signal avant d'entrer. »

MARGOT : Retourne derrière la porte et attends mon signal avant d'entrer ! *(Il sort.)*
(La glace met le CD.) Qu'est ce que tu fais ?

LA GLACE : Tu vois bien, je mets votre chanson.
Entendant la musique, Benoît entre.
Margot et Benoît se regardent avec amour.
Puis il entraine Margot dans un slow langoureux.
La glace tourne quelques secondes autour d'eux et se colle derrière Margot comme pour ne faire qu'un avec elle.
Danse à trois. Puis lentement, la Glace se détache.

LA GLACE : Adieu, Margot !

MARGOT : *(À la glace.)* Tu t'en vas ?

BENOÎT : *(Le prenant pour lui.)* Non ! Je reste !

LA GLACE : Oui.

MARGOT : *(À la glace.)* Je ne te crois pas, tu vas rester. Il faut que tu restes.

BENOÎT : *(Le prenant pour lui.)* Mais oui, je reste !

La glace continue son chemin jusqu'à son cadre.

LA GLACE : Adieu, Margot !
Margot veut la rattraper mais Benoît la retient dans ses bras.
La glace rentre dans son cadre définitivement, on ne la voit plus.
Margot réussit à se détacher de Benoît, elle court vers le cadre.

MARGOT : *(Affolée.)* Où tu es ? Tu es où ?
(À Benoît - complètement désemparée.) Elle est partie. Partie pour de bon.

BENOÎT : *(Énervé.)* Mais qui ? Qui est partie ?

MARGOT : La Glace !

BENOÎT : Mais non, regarde, elle est toujours là.

MARGOT : Mais elle, elle, elle n'est plus là. Là ! Là-dedans ! Elle ! Elle n'y est pas !

BENOÎT : Qui « elle » ?

MARGOT : Elle ! Elle !.... Tu sais bien… Elle !

BENOÎT : Ma chérie, mon amour, je t'en supplie, reviens sur terre. Je ne sais pas ce qui se passe dans ta tête mais il faut que ça s'arrête… Margot ! Je suis là, moi, avec toi. Je ne te quitte plus.

Benoît remet les meubles comme avant.
Margot le laisse faire, elle caresse et embrasse la glace.

Benoît a terminé, il regarde Margot complètement désorienté.

BENOÎT : Je vais chercher quelques affaires. Je passe la nuit ici avec toi. Tu m'entends, Margot ?

MARGOT : *(Lointaine.)* Oui, j'ai entendu.

BENOÎT : Tu es d'accord… Dis, tu es d'accord ?

MARGOT : *(Indifférente.)* Oui, oui.

Il sort laissant la porte ouverte.

****

SCENE 13

Madame Richard entre, Margot ne la voit pas.

MARGOT : *(Le dos tourné, elle s'adresse à la glace.)* Tu vas me manquer. Adieu !

Au mot « adieu », madame Richard se met en colère.
MADAME RICHARD : Adieu ! Alors ça y est ! J'aurais dû m'en douter, on ne peut rien lui confier à celle-là !

MARGOT : *(Se retournant brusquement.)* Ah c'est vous ! De qui parlez-vous ?

MADAME RICHARD : De madame Gaspard. Elle vous l'a dit avant moi. C'est ça ?

MARGOT : Dit quoi ? Je n'ai jamais vu madame Gaspard. Je ne la connais pas, je vous l'ai déjà dit !

MADAME RICHARD : Au téléphone alors ?

MARGOT : Elle n'a pas mon numéro.

MADAME RICHARD : À l'interphone ?

MARGOT : Mais non ! Non !

MADAME RICHARD : Alors comment vous savez ?

MARGOT : Que je sais quoi ?

Benoît entre avec ses affaires et reste sur le pas de la porte.

MADAME RICHARD : Votre glace ! Vous vouliez vous en débarrasser. J'ai un preneur ! Monsieur Mino est d'accord, il la veut bien pour chez lui.

MARGOT : Je ne veux plus m'en débarrasser.

D'un geste vif, Benoît s'empare de la glace.
BENOÎT : Il habite où votre Monsieur Mino ?

MADAME RICHARD : Au septième.

BENOÎT : Allez-y ! Je vous suis. *(Il sort suivi de madame Richard.)*

MADAME RICHARD *(En voix off.)* À droite, là là, par là. Attention, attention !

On entend un grand bruit. Brusquement, Margot réagit.

MARGOT : Mais ils vont me la casser ! ... Me la tuer ! *(Elle court derrière eux.)* Elle est à moi !
C'est ma glace ! Elle est à moi ! Ma glace ! Rendez-la-moi ! Elle est à moi !

RIDEAU

La pièce fait partie du répertoire de la Société des Auteurs et Compositeurs Dramatiques (S.A.C.D.)
11, rue Ballu 75442 Paris Cedex 09
Elle ne peut être jouée sans son autorisation.

Pour en faire la demande : Tél 01 40 23 44 44
OU sur le site : https://www.sacd.fr/

Ou directement en contactant l'autrice :
genevieve.steinling@gmail.com

Bibliographie

Comédies :
- Ma fleur se meurt *(1 F - 2 H)*
- Le collier de la mariée *(3 F - 1 H)*
- J'ai épousé ma liberté *(2 F - 2 H)*
- La vie qui file *(2 F - 2 H)*
- Nos actes manqués *(1 F min. 60 ans)*

Romans et nouvelles
- Un jour nouveau se lève à l'horizon *(roman)*
- Frissons sur la toile *(roman)*
- Histoires d'amour, de folie et de mort *(recueil de nouvelles)*
- La poupée qui chantait et autres histoires fantastiques.

Théâtre jeunesse
- Ado c'est mieux *(dès 8 ans)*
- Au pays des enfants *(dès 6 ans)*
- Au secours la terre est malade *(dès 6 ans)*
- Par le petit bout de la lorgnette *(dès 8 ans)*
- Les jouets se font la malle *(dès 6 ans)*
- Aglaé la sorcière *(dès 8 ans)*

Roman jeunesse
Malicia, la sorcière au poil *(à partir de 7/8 ans)*

---

genevieve.steinling@gmail.com
Site : https://genevieve-steinling.com/